KB083186

생은 그리운 것들로
강물을 만든다

시와소금 시인선 · 148

생은 그리운 것들로 강물을 만든다

고현수 시집

시와소금

▌ 고현수

- 2002년 강원일보 신춘문예 시 당선
- 시집으로 〈흰 뼈 같은 사랑〉 〈하늘 편지〉 〈포옹〉 있음
- 산문집으로 〈선물〉 〈긍정과 부정의 사유〉가 있음
- 현재 수향시낭송회, 삼악시 동인

- 이메일 : hs510101@naver.com

어느 날 노을을 보면서 말했다.
내가 시인이어서 참 다행이야.

이천이십이년 시월
고현수

| 차례 |

| 시인의 말 |

제1부

제2부

제3부

제4부

제 **1** 부

제목 없음

수면을 뛰어오른 붕어 한 마리
세상의 수심을 재고 풍덩,
사 라 졌 다

봄

봄날 그림자 짧듯
세상의 근심들도
짧아지거라

불확실성의 원리

하이젠베르크씨 불확실성의 원리
정말 공감이 가는 이론이군요
우주의 심오한 원리도
삶의 기묘한 형태들도
다 알 수 없는 불확실성이죠
이 불확실의성의 원리가
인류의 꿈과 희망 모두에게
공정한 법칙이면 좋겠습니다

쉽게 쓰는 말에 대한 쉬운 반문

미영이는 천원을 아끼기 위해 오늘도 한 시간 등굣길을 걸어서 간다. 버스를 타지 않고 버스비를 모으면 엄마 무릎에 붙일 파스를 살 수 있기 때문이다.(퇴행성 관절에 파스를 붙이는 것은 아무 의미가 없다) 두 무릎의 통증으로 네 식구의 생계를 책임지는 엄마의 어깨를 조금이라도 가볍게 해주어야 한다는 아이의 생각이다. 그런 미영이를 보면서 사람들은 이렇게 말한다. 어린 것이 참 착하고 알뜰해 아이의 작은 영혼은 마음의 꽃을 피워내서 꽃밭을 만들고 사람의 입에선 색 바랜 꽃잎들이 툭툭 떨어진다. 정말 미영이는 착하고 알뜰해서 천원버스비를 아끼려고 한 시간을 걸어서 학교에 가는 걸까? 미영이도 다른 아이들처럼 버스를 타고 학교에 가고 싶다. 미영이는 버스비 천원을 아끼려고 걸어서 학교에 가는 것이 아니다. 버스를 탈 돈이 없어서 버스를 타지 않는 것이다.

어느 미혼모

내가 왜 이 법정에 앉아있나?
난 아이를 먹이려고 마트진열대에 놓인
분유한통을 가지고 왔을 뿐인데
그런데 판사님,
지금 내가 왜 여기에 있는 거지요?

노인 일자리

한낮 땡볕 아래 쭈그려 앉아
할머니들 풀 뽑는다
단단하게 다져 굳은 땅
호미 손으로 긁고 파내면서
풀뿌리 뽑아낸다
흙을 움켜잡고 버티는 풀,
손가락 주름마디를 꺾으면서
풀은 손을 이기려 하고
폭염은 생의 마디를 누르고

길

흙 비늘을 얹은 지렁이
갈 짓자 가슴에 그으면서
바닥을 더듬어 간다
햇살 무더기 내려앉아
거친 몸피를 달구는데
가는 길이 어디인지
닿을 곳 어디쯤인지
흙 비늘 등짐 지고 간다
길이 깊어 아득 인데
아득 이어서 먼 영원인데
한 뼘 생이 뜨겁다

이젠 울지 마

사람의 생이어서 사람이 아프다
아픔도 쉼표로 쉬는 여백이 있어
그리움 가득 파랑인데
울지마 영혼의 슬픈 사람아
네가 울어서 별이 흔들린다
거친 파고를 가슴에 안고
캄캄한 밤 홀로 걸어 아팠다면
세상의 무엇인들 아프지 않겠니
울지마 눈이 큰 사람아
네가 울면 나도 눈물이다
시간은 아픔을 익혀 둥글었고
아이였던 넌 순수로 너를 배웠고
아이를 떠난 우리는 길 위에서
상처의 기억을 채웠던 것인데
울지마 네가 울어서 별이 흔들린다
어둠이 지나면 밝은 아침이듯
너의 오늘도 이 밤을 건널 것이니

아침의 태양이 너를 비출 것이니
울지마 이젠 울지마

엄마 이야기

다리가 아파 기어서 밭에 간대요
밭고랑에 눌러앉아 콩밭 매고
고추 심고 깨꽃도 피운 대요
팔십 세월 훌쩍 지난 명자 엄마는
죽기 전까지는 일을 놓지 않을 거래요
자식들에게 콩 주고 고추 주고
온몸의 삭신 다 꺼내주겠대요
긴 그림자 해를 덮고 길게 누워도
둥그렇게 부푼달 산등성 기울어도
자식들 얼굴 언제나 볼까나
매일매일 귀 닳은 마루턱에 앉아
동구 밖 멀리 동구길만 보았대요
밤하늘 달이 둥글어서
그리움도 둥글게 부풀어서
마당 가득 달빛만 환했대요

노숙

새벽 잠자리야

너는 풀잎 하나를 안고

긴 밤의 고독을

홀로 지새웠구나

산다는 건

산다는 건 가쁜 숨을 몰아쉬는 일
숨을 느끼지 않고도 숨을 쉬는 일
치통의 고통을 겪으면서
내일이면 치통이 나아지기를 염원하는 일
치통이 주는 고통에 눈물 흘리면서
내일이면 괜찮아질 거라고
누누이 다짐하며 눈물 닦는 일
사는 건 그래서 꿈꾸는 일
세상의 꿈에 푸른 날개를 두르고
세상의 너른 품에 안겨 몸이 되는 일
두 팔을 벌린 두 어깨의 마디로
물보라 접영 물결을 만드는 일
산다는 건 네가 원하는 너를 찾아
네 삶의 무늬를 채색하는 일
그리고 산다는 건
생의 아픔을 딛고 사랑하는 일

물방울 시

연잎위에 정좌한 물방울을
톡 건드렸습니다
투명한 물방울 구슬이
온몸 흔들고 구르고
까르르 깔깔 웃습니다
화들짝 빛살고요를 털어내고
연잎그늘을 뛰어나온 햇살의 이마가
환한 기억으로 해탈입니다
구름을 베고 누운
질펀한 바람의 몽상
연잎 위 까까머리 동자승이
파랗게 눈이 밝아서
파란 하늘이 평화입니다

거꾸로가 말했다

거꾸로가 말했다
저기 반듯이 정돈된 질서가
잘 다듬어 놓은 저 표면의 번들거림이
엄숙을 가장한 저 목소리의 주인은
진짜가 아니라고

거꾸로가 말했다
거짓이 진실을 어리둥절하게 하고
가짜가 진짜의 멱살을 흔들고
진짜 앞에 가짜가 당당하고
진실 앞에 거짓이 유령처럼 출몰한다고

거꾸로가 말했다
진정한 진짜는 울퉁불퉁한 굴곡이고
거꾸로 선 삐에로의 곡예이고
사람의 심장을 흔드는 절규이고
온몸으로 비바람을 견디는 나무라고

거꾸로가 거꾸로 말했다

흐르는 물결은 몸을 바꾸며 강을 출렁이지만

물속의 노가 가리키는 반대방향이

배가 가야할 뱃머리의 방향임을

거꾸로 보아야 바로 보인다고

거꾸로가 말했다

바다

바다에 가서 멀리 수평선을 보아라
쉼 없이 뒤척이며 섞는 그 파도가
하나의 물결이어서 한 몸의 사랑이니

바다에 가서 드넓은 수평선을 보아라
바다는 태초에 수평선을 만들고
평등으로 완성된 수평의 순리이니

봄

봄날 꽃 피우듯이
사람의 가슴에
향기 스미어라

새

고요한 공기 속
시간을 지운 하늘, 꽃씨 날아오른다
공중심연을 열고 날아간다
위로 솟는다

날기 위해
바람의 씨앗을 키우는 페루,
이빨 뽑고 귀 자르고 척추를 제거한 새의 날개가
활을 그었다

바람의 옥상과 하늘지붕 섬
완전한 꽃 하얀 향기 밤의 흰빛으로 스미고
그려지지 않은 동공 속 풍경은
풍경을 작곡한 어둠이 펼쳐놓은 어떤 우주의 악보

그리고 적막으로 고요한
아무소리도 들리지 않던 아름다운 계절의 고요는

공기의 원소가 만들어낸 공기의 무늬

두발 발바닥은

대지의 가슴에서 잉태된 의지의 질료였다네

바람의 씨앗을 먹고

최초의 직선을 가르며 새의 부리가 솟구쳤네

공중수면을 찢고 번지는 청금靑哹 원색의 아우라

눈썹을 지운 새의 눈 속엔

은빛마디를 세운 날개가 있다

제 2 부

기쁨 슬픔 사랑

하나의 슬픔을 알기 위해선
한 생애의 희로애락을 녹여내야 하고
하나의 기쁨을 얻기 위해선
한 생애 슬픔 전부를 바쳐야 하네
그리고 사랑을 알기 위해선
어머니가 되어야 한다네

귀뚜리

귀뚜루루 귀뚜루루 귀뚜리야
요렇게나 작은 네 몸이
우주의 음계를 담고 있구나
네 고독의 작은 현으로
세상의 밤을 노래하는구나

가장 소중한 것

세상에서 가장 소중한 것이
무어냐고 묻는다면
누군가가 내 삶에서
가장 소중한 것을 말하라고 한다면
사랑보다 더 소중한 것은
없다고 말하겠네
누군가가 삶의 가난을 묻는다면
사랑이 없는 풍요는
이 세상에 없다고
내가 말하겠네
사랑을 그 가치의 의미를
백번을 다시 물어도
네가 원하는 최고의 가치는
네 가슴의 사랑이라고
다시 말해 주겠네

북한강 일박

강 그늘 물길 속을 배회하던 물고기들이 비늘을 세워
은색날개를 달고 노을 저쪽으로 날아갔습니다

숲의 나무들이 지붕을 만들어 새들의 노래를 불러 모으고
강은 바람이 쓴 문장을 펼쳐 구름을 읽었습니다

강 너울 따라 기억이 펼쳐놓은 환영들이 물빛 번져 어룽이고
그리움 전부를 담은 노을이 붉게 붉어 하늘 뜨겁습니다

사랑했다고 당신을 잊은 적 없다고 당신에게 말했습니다
당신이 웃는 미소가 넓게 퍼져 둥글게 강을 흔들었습니다

혼자가 좋은 시간

사람이 쓸쓸해서 꽃이 피었다
꽃이 피어서 사람이 쓸쓸했다
한낮 강둑 산책길엔
노랑나리꽃 노랗게 피었다
오늘밤엔 달맞이꽃도 피었다
밤이어서 달 둥근 밤엔
사람의 가슴이 달처럼 둥글었다
보고 싶다 보고 싶다 부르면
별빛도 외로워 밤에 빛났다
네가 혼자여서 내가 외롭다
내가 혼자여서 네가 외롭다

당신은 혼자가 아니에요

잊지 말아요, 당신은 혼자가 아니에요
둥글게 당신 내면의 파동으로 들려오는 건
천 년 전 천둥 천 년 후의 비
당신의 목소리로 창공을 호흡하세요
하늘은 저렇게 파랗거든요

상상하세요
생각을 내려놓고 생각의 흐름을 멈추고
당신의 느낌과 만나세요
의심도 없이 질문도 없이
가슴의 고요를 건너가세요
난 당신이 영원하기를 바래요

짙은 안개가 태양을 가리 울 때
먼 별들의 메아리가 밤을 채울 때
당신의 가슴을 호흡하세요
슬픔의 연금술로 슬픔을 비상하세요

당신의 가슴으로 당신을 부르세요
당신이 전부이고 그것은 당신입니다

처음 경험한 눈물 가슴의 열망으로
당신을 사랑하세요
당신 내면으로 흐르는 기쁨의 샘을 발견하세요
잊지 말아요, 당신은 혼자가 아니에요
매순간 호흡마다
당신이 영원하기를 바래요

노을이 붉어 아름다운 건

노을이 붉어서 붉은 노을이 아름다운 건
사람의 마음이 붉은 노을이 되어 노을을 바라보았기 때문이
지요

노을이 붉게 붉어서 노을이 아름다운 건
생의 디딤돌을 놓은 사람의 넋이 노을처럼 붉었기 때문이지요

노을이 붉게 붉어서 노을이 아름다운 건
당신의 사랑이 붉어서 붉게 태운 사랑을 노을이 물들인 이유
였지요

그리고 노을이 붉게 눈부셔 노을이 저리도 아름다운 건
당신 울음이 눈부셔 허공의 슬픔을 붉게 태웠기 때문입니다

외로움이 웃는다

한 개의 풀도 한 잎 꽃잎도
흐르는 바람을 안는다
한 송이 꽃도
피고 지는 슬픔을 알고
한줄기 풀잎도
푸름의 기쁨으로 푸르다
여기 사람의 가슴이 있어
두근두근 맥박의 고요와
한 방울 우주가 풀무 하는 소리
이 축제의 노래 속엔
춤이 어우러지는 몸짓의 환희와
울퉁불퉁 숨찬 경이가 있다
여기 사람이 있다
사람이 있어 기쁨을 알고
그 기쁨으로 슬픔도 배웠다
오늘 활짝 핀 꽃들이
서로 외로워서 웃었다

꽃이 웃더라

흔들리는 꽃이 웃더라
바람에 흔들려 활짝 웃더라
꽃술 눈썹에 향기 고여
눈물 가득 웃음이더라

사람의 어깨가 흔들리더라
흔들려서 함께 웃더라
네 작은 어깨 위에 모여앉아
햇살 따뜻해서 기쁨이더라

사람의 향기가 눈물이더라
눈물이 꽃잎을 피우더라
상처 깊은 씨방 터뜨린 지금 봄날엔
향기를 가득 품어 네가 웃더라
네가 웃어서 꽃이 피더라

우요일雨曜日

오늘 하루는 연체 적 감성이 되어
연체 생물로 흐느적거렸다
폭염이 흐물흐물 뼈를 삭였다
보이는 세상이 아득히 눈 속에서 멀어
허공에 발을 치는 발비 오셔서

천둥의 기억이 빗방울에 가득했다
구름의 향기가 출렁거렸다
음계 구르는 몸의 음표가 되어
빗줄기를 켜는 악기가 됐다
깊은 밤엔 둥근 달빛 레일을 타고

별자리 꿈꾸는 행성둘레를 날았다
등불 켠 마을 꽃씨 뿌려진 사립마당엔
하얗게 젖은 별이 그득했다
천 살 나이를 산 아이들이 웃고 있었다
죽은 사람이 걸어 나왔다

밤에 쓰는 편지

당신이 내 곁에 사랑이라면
그건 나의 운명입니다
구름이 하늘의 창을 담은 풍경이듯이
당신 곁에 흐르는 풍경이 되어
나는 철없는 아이로 웃을 거예요

내 곁에 당신이 사랑이라면
세상의 날씨가 나쁜 것도 상관없어요
비바람 일고 한겨울 눈이 깊어도
깊은 밤 등불을 밝혀
난 당신을 위해 시를 쓸 거예요

당신이 내 곁에서 아픔이라면
그건 기쁨이 흘리는 눈물입니다
사람은 서로 마주보기 위해 태어나
사랑하는 사람과 마주 앉는 일
그 기적과 만나는 약속입니다

내 곁에서 당신이 사랑이라면

난 세상의 끝도 두렵지 않아요

난 말해요, 밤하늘 어둠이 별을 태우듯

온전한 내 전부를 던져 태울 거예요

당신이 내 곁에 사랑이라면

난 당신의 별이 되어 빛날 거예요

안개

안개는 그리움을 피워 몽환이다

호수 가득 안개의 황홀이 설레고
보이지 않아서 눈에 보이는
안개는 허공을 적시고 꿈결이다

아침을 열고 잠을 깬 호수는
긴 밤의 꿈을 풀어
수면 위에 안개를 피우고

살아서 삶이 눈부신 축복이야

사람의 가슴이 깊어서 우물이야

안개는 그리움을 닮아서
안개 방울에선 눈물 냄새가 났다

진짜 사랑

그대가 그대를 보고 있는 것이 아니다
그대가 그대의 그 모습을 비추고 있어
그대를 볼 수 있는 것이다

사랑이라고 말하는 사랑이 사랑은 아니다
그대의 마음을 거울로 비추어주어
그 속으로 그대가 들어가는 것이다

혼자 원하는 사랑은 진짜 사랑이 아니다

너의 마음이 천 길 낭떠러지에 익사하는 것
해에 닿아 해가 되는 것 해로 녹는 것
흙의 씨앗으로 너를 꽃피우는 일이다

그대 사랑 안에서 길을 잃어라*
그대 안에 그대의 사랑이 있으니
그대 안에 마음이 진짜 사랑이니

* 루미

49

사랑의 기쁨

당신의 귀에 입술을 묻고 이렇게 속삭입니다

내 사랑

난 기쁨에 넘쳐
두둥실 풍선이 되어 하늘로 날아올라요

높이 높이 올라가서
저 높은 하늘에서 펑 나를 터뜨립니다

그리고 내 영혼의 흔적이
비 되어 내리면

휘도는 바람이 통증을 앓았던 그 골목에서
당신을 적실 거예요

그 서늘한 골목길 바람에게 말할 거예요

다시 태어나도 내 사랑,

하늘 우러러 이렇게 말할 거예요

하늘이

하늘이는 마법아이가 되고 싶답니다
마법지팡이로 주문을 걸고 싶답니다
지팡아지팡아 엄마 눈을 뜨게 해주렴
마법지팡이에 손을 얹고 기도합니다
지팡아지팡아 엄마 눈을 뜨게 해주렴

이제 겨우 일곱 살 하늘이는
날개 달린 엄마의 수호천사랍니다
캄캄한 엄마의 세상에 밝은 빛이 되어
엄마를 지키고 싶답니다
엄마의 눈이 되고 싶답니다

영혼이 맑은 일곱 살 아이 하늘이는
제 두 눈을 엄마에게 주고 싶답니다
엄마가 두 눈을 뜨고 밝은 세상을 보는 것이
제 마음이라고 합니다 그리고는
눈이 없어도 저는 괜찮다고 말합니다

사람이 느끼는 감정의 면적을 훌쩍 날아서
하늘이는 영혼의 감정으로 말합니다
사람이 육체만을 가진 몸이 아닌 걸
일곱 살 아이의 영혼이 말합니다
아이의 눈빛은 깊고 맑고 또 깊었습니다

잠
— 오필리아

날 재워줘 마법의 주문을 외워줘

날 가두고

꿈에 재워줘

마법을 걸어 던져줘

달콤한 잠의 유혹으로 죽음의 얼굴을 안겨줘

어둠을 보여줘

어둠의 흰빛으로 너의 어둠을 열어

내 잠의 관능 위에

흐르는 울음을 채워줘

아득한 메아리로 불러

내 육신의 잠을 묻어줘

제비꽃 넋을 피워줘

봄 없어도 겨울 없어도

꽃잎 덮어줘

오필리아, 오필리아 이름을 불러줘

내 사랑을 네 목소리로
네가 말해줘

천사

난 천사의 날개를 본 적 있었어
그런데 천사는 세상에 없지
날개가 달린 사람은 세상에 없어
어느 날 너의 맑은 눈물에서
세상의 슬픔을 위로하는
네 영혼의 거울을 보았는데
나는 불현듯 왜 천사가 생각났을까
네 작은 두 어깨에서 돋아난
하얀 날개를 내가 보았을까

선물

#

한 다발 꽃다발을 두 손에 쥐고
나의 전부가 사랑의 분홍으로 젖었어요
하나의 마음으로 마주 잡은 손
지금 이 순간 나는 모든 걸 가졌어요
당신의 전부와 하나인 우리 사랑은
내 인생의 커다란 축복입니다

#

천사처럼 아름다운 그대, 당신을 만나기 위해
멀고 먼 천년시간을 달려왔습니다
하나의 가슴으로 결합한 우리의 사랑
나의 전부는 그대의 사랑을 위한
그대의 전부입니다
당신은 내 생애 최고의 선물입니다

박꽃 피는 밤

밤별들 내려와 초가에 앉았네
달이 둥글게 지붕 위에 둥글어서
밤이 깊어 그리움도 환한 밤
돌담 그림자 밤새워 달빛 더듬어서
임 가신 밤 애타게 애달파서
달빛 가득 하얗게 박꽃 피는 밤

커피 향

　한잔의 감성을 피워내는 핸드 밀 커피 향 아침의 애인 비 내리는 어느 수요일의 연애와 새벽녘 긴 밤의 꿈을 풀어 뿌옇게 염색된 아련한 공중의 실크와 고적한 밤의 쓸쓸과 푸른 달빛 창으로 스미어 내 안의 파란색 허기와 동행하는

제 3 부

코스모스

가을들녘
꽃
피우고
행성 하나씩

은하수

은하수의 밤

금성과 목성이 입 맞추는 오월*
밤하늘 별빛은 아름답게 빛나고
별들이 흐르는 은하의 강어귀가
시의 문장으로 가득합니다
그대 밤의 은하수를 밟고 오세요
별의 신비는 어둠에 가득하고
하얗게 사위는 밤하늘 별자리는
별의 디딤돌을 은하에 펼쳐놓고
그대의 미소를 기다립니다
그대 천상의 천을 밟고 오세요
가난한 시인이 그대에게 드리는 건
밤하늘 수놓은 천 개의 보석
시의 문장을 펼쳐놓은 별들의 시입니다
눈을 감으면 마음에 닿는 한순간이
빛보다 먼저 그대에게로 달려갑니다
그대 밤의 은하수를 밟고
별빛 가득한 은하로 오세요

금성과 목성이 입 맞추는 오월

은하수를 건너 그대 은하별이 되세요

* '쳇 레이모' 〈아름다운 밤하늘〉

사라 장

그녀의 바이올린
바이올린과 여자

긴 칼

현을 열어
혼의 선율을 켜면

다섯 손가락
화음을 딛고 퍼지는
영혼의 시

바이올린

붉은,
드레스 흐느끼는
검은 머리칼

엄마의 발바닥을 보았다

세월의 이끼가 검푸른 발등을 지나
야위어 거친 엄마의 발바닥을
발바닥 아래에서 본다
하얗게 그늘진 두 발 발바닥엔
한 생애의 길들을 이어 길을 잇고
깊은 계곡의 메아리가 들려오고
들판의 바람을 흔들었던
억새의 몸짓이 있다
숨겨져 있어 보이지 않는 미소,
드러내지 않는 세월의 위로는
드러난 것을 품고 깊게 깊어져있다
세숫대야에 담긴 엄마의 발을
두 손에 올려 발바닥을 본다
하얗게 바래져버린 발바닥 지도엔
세상의 눈물을 담은 시간의 길들이
긴 시간의 생을 길게 이어놓고 있다

별을 베고

내 몸이 밤을 베고 깊어서
마음 가는 그곳으로 간다
몸을 떠난 내 날개의 상상은
생각의 전부를 멈추고
느낌의 나와 이별하고
빛보다 먼저 지구를 빠져나와
지구를 떠났다

안녕 지구별아

여기 푸른 밤 끝없이 펼쳐진 이곳엔
밤하늘 가득 비어 가득이어서
은하수 강물 이루고
천상의 불꽃놀이 황홀풍경이어라
그리움 전부를 태워 빛나는
별들의 노래 화음 퍼지는 천년 밤엔
내 넋이

푸른 네 별을 베고

사람이

사람의 모서리가 닳아 바랬네
두드려 펴고 둥글둥글 만져져서
복잡한 표정 다 지웠구나

몸짓 스민 사람의 춤사위
바람 길 여백마다 흔적이어서
그 흔적의 무늬든 풍경 벗한다면

세월 한 구절을 꺼내
이렇게 쓰겠지
사람이 둥글어서 사람이 아픈데

둥근 건 구르고 구르다 구르다가
멈춰서 사람 곁에서 웃는데
서로 마주보아서 사람의 생인데

사는 거 뭐 별건가요 물으면

웃는 얼굴이 끄덕이네

시인의 길

사람이어서 죄인이겠다

저쪽을 보아서 이쪽을 보지 못했다
보았어도 외눈이었겠다

이쪽보다 저쪽을 아파했으니
그 저쪽
마음 가는 날 많았으니

이곳에 들꽃 지천이었겠다

지천으로 흔들려
바람의 발가락 물들었겠다

그 시인
사람이어서 죄인이겠다

별이

빛과 어둠의 마디 아픔이어서
천지간에 비가 내렸어

아침에 눈을 떠도
젖은 풀잎에 이슬이 굴러도
태양이 뜨지 않았구나

별이야 내 사랑 별이야

너는 영혼의 날개로 날아서
작은 날개로 훨훨 날아서
저 먼 곳 하늘천사가 되었구나

세상의 슬픈 미소를 지우고
밤하늘에 작은 별이 되었구나

별이야 내 작은 아이야
내 가슴에 별이 된 아이야

봄비 내리는 날엔

봄비가 내리는 날엔

시를 쓰지 말고

그림도 그리지 말고

멀리 창밖을 보세요

지금의 나를 멈추고

괜히 일을 만들지 말아요

일상의 나를 지우고

또 다른 나와 만나세요

봄비가 내리는 날엔

다른 세상으로 날아가세요

영혼의 마법 상자를 열고

당신의 마법서를 펼치세요

영혼의 마법사가 되세요

춤추는 빗방울이 되세요

봄비가 내리는 날엔

시도 쓰지 말고

그림도 그리지 말고

그냥 빗줄기가 되세요
둥글게 퍼지는 동심원으로
둥글게 퍼져가세요
봄비 내리는 날엔
영혼의 마법서를 펼쳐 들고
마법의 여행자가 되세요

양지꽃

낮게 앉아서 웃는 꽃

햇살 물들어서 노란 꽃

양지 녘 길가 모여앉아

작은 무릎을 기대면

까만 눈썹으로 젖는 꽃

해 멀어서 어깨 기울다가

달 기울어 눈물짓다가

먼 밤하늘로 달려가서

별이 된 양지꽃

반지

밤하늘 백조자리 빛나는
알비레오 쌍성별
별빛 흐르는 은하 바다엔

펑펑

흰 별들 폭죽 터지고
행성 하나씩 환하게 밝힌
별들의 꽃다발

은하수 별빛 쏟아지는 밤엔
우리 가득 사랑이어서
눈이 부셔 눈부신 꽃밭이어라

네 손가락 하얀 마디엔
토성에서 가져온

아름다운 반지 끼우고

꽃요일

너는 붉게 붉어서 꽃피고

해 기울어서 노을에 누워

화르르 화르르르

제 꽃 몸을 불살랐네

눈이 부셔 하늘 깊은 날

꽃잎, 아스라 날아올라

아찔한 마음 설렘인데

사람아 내 사랑아

꽃 져도 내 님인 사람아

널 두고

바쁘게 저리 봄날 간다

시인과 별

밤하늘 은하수 건너는 별은
시인의 시를 꿈꾸고

시인은 별들의 꿈을 헤이며
별밤을 날아갑니다
아득히 펼쳐진 우주의 뜰엔
별들의 화음 퍼지는

별빛 빛나는 은하수 카페,

황홀한 별빛 쏟아지는 밤엔
별빛 가득 시의 문장이 흘러서

별이 빛나는 밤엔,

시인은 밤하늘에 별을 헤고
별들은 시인의 밤을 밝히고

또 다른 밤

난 죽었네 죽음이 무얼까 생각하다가 죽었네
내 몸이 둥글게 공처럼 가벼웠고
깊은 밤 하늘멀리로 날아가
구름 속으로 사라졌네 난 사라졌네
내가 없었네

나는 꿈이 되어 꿈의 별밤을 날아가고
의식의 중력은 무중력의 무게로 자유로웠지
유영하는 고요공간의 미소로 내 몸은 가벼웠고
슬픔을 두른 슬픔의 알몸이
내 죽음을 가볍게 안아주었네
환하게 둥글었네

어느 날 난 죽었네
죽음은 어둠의 변방 끝으로 나를 이끌고
아득한 밤의 허공을 끝없이 날았네
까마득히 무한으로 펼쳐진 억겁의 들판,

별을 키우는 어둠의 정원들,
그 정원이 감춰둔 비밀의 문을 열고
천년얼굴이 천 개의 두건을 풀고 걸어나왔네
난 그리운 사랑을 만졌네

나는 죽기도 하고 살기도 하네
어느 날 내게서 사라진 나는 없었고
산의 등성을 열고 태양의 가슴이 붉게 젖을 때
침대 스프링이 중력을 거슬러 솟아오를 때
난 세상 속에서 살아있었네
가끔 나는
마법의 주술서를 펴고 먼 여행을 떠났네

내 죽음 앞에서 울지 말아요

내 죽음 앞에서 울지 말아요
난 당신을 떠나지 않았어요
난 당신과 함께 있어요
나는 죽지 않았어요
우린 다시 만날 거예요

울지 말아요
죽음은 끝이 아니에요
우리 함께했던 그때의 기쁨을 기억하세요
우리를 울게 했던 그 눈물의 기쁨을 기억하세요
별은 어둠 속에서만 빛나는 게 아니에요

울지 말아요
난 당신을 떠난 게 아니에요
당신 잠에 스며서 당신 곁에 내가 잠들 때
밤의 잠을 열고 아침을 깨울 때
아침의 태양이 우리의 창문을 열어주었지요

내 죽음 앞에서 울지 말아요
난 당신을 떠난 게 아니에요
난 지금 여기에 몸은 없지만
난 당신을 떠나지 않았어요
죽음은 끝이 아니에요

제 4 부

히말라야*

히말라야 높은 산맥은
큰 삶의 희망과
봉우리이다.
인간에게 큰 선물이다
히말라야 큰 산은
겸손하라고 가르친다
겸손하라고
신은 인간에게
히말라야를 주신 거다

* 엄마의 시

잠자리

가지 끝에 앉아서
골몰

비율의 드라마

— 신의 설계

신은 인간을 설계할 때 인간의 본성 안에
99%의 선과 1%의 악을 내장시켰어
그 이유는 1%의 악이 99%의 선에게
악행을 저지를 수 있었기 때문이지
다시 말하면 1%의 악이 99%의 선에게
충분한 악을 행할 수 있다는 말이야
그렇다면 99%의 선이 강할까 1%의 악이 강할까
사람들은 1%의 악보다 99%의 선이 강하다고
당연하게 말하겠지 그렇다네, 당연 하다네
99%다수의 선이 1%소수의 악보다 우월하다네
그렇지만 99%의 선이 1%의 악을 무덤 속에
잠재워놓기 위해선 많은 암흑의 시간과
그 1%의 악이 행한 피 흘림의 잔혹으로 인한
참혹한 비극의 드라마가 필요했다네
그런데 신은 왜 그 비율을 선택했던 것일까
99%의 선과 1% 악의 비율이 인간본성의 빛과 그늘을
조율할 수 있었던 황금비율이었던 걸까?

어느 낙서장의 낙서 한 토막

자신의 이익에 목숨 바쳐 충성하는 자는
타인의 아픔에 대해선 무관심하다
더 나아가 타인의 아픔을 즐기기도 한다

진실의 얼굴

흠씬 두들겨 맞고 만신창이로 살아난 후에
일그러진 안면을 드러내놓고 슬프게 웃는,

신과의 면담

산다는 건 정말 힘겨운 일이지, 산다는 건
살아있다는 건 한순간도 숨을 잊지 않아야 하는 것
숨쉬기를 잊고 숨을 쉬어야 하는 것
말이 쉽지, 평생 먹고 숨 쉬는 일은 정말 벅찬 일이야
그래도 어쩔 수 없대 그렇게 살아야 한대
그래서 산다는 건 지난 과거를 잊고 걷고 또 걷는 것
이빨이 다 빠질 때까지 밥을 먹고
이빨이 다 빠져서도 밥을 먹는 일
육신과의 기나긴 전쟁이지

그런데 산다는 건 정말 신기한 일이야 정말 신비야
삶이 주는 혼란 속에서도 쉼 없이 기대되는 건
혼란이 겹치고 혼란과 쌈박질하는 혼란 속에서도 무얼 바라
는 건
내일은 어떨까 무슨 좋은 일은 없을까
혹시 아름다운 여인을 만나 사랑을 하게 될까
원하는 무언가가 허공에서 떨어져 내 머리통을 박살 내지 않

을까

변신의 마법으로 내가 아닌 또 다른 나를 펑 튀기지는 않을까

아니면 멋진 시를 써서 나를 즐겁게 하진 않을까 이런 환상들

월쉬가 만난 친절한 신神께서는 월시가 647년 과거 생을 살았다고

월시에게 말해주었는데 뭐 놀랄 일 없지

647년 지구 시간은 순간을 통과하는 우주 순환의 과정일 뿐이니까

그건 태초 우주가 설계해 놓은 마법의 공식

지구 행성 에너지와 소통하는 우주의 사랑방식이니까 그런데

나는 몇 번의 과거 생을 살고 몇백 년 몇천 년의 기억을 잊고 지금 여기에 있나

저 큰 우주가 무한반복 영원을 돌듯이

깨지고 다시 섞고 뜨거워지고 차가워지는 순환의 연속이듯이

인간의 생도 돌고 돌고 또다시 돌아서 돌아오는 무한반복 이래

몇천몇만 생을 거쳐 생의 잔혹사를 다 겪어야 한대

647년 월시 과거 생은 전사戰士가 되어 살생을 했고 또 살생을
당했고
여자의 몸으로 환생해 아름다운 여자의 생을 살았고
왕자로도 살았고 노숙자로도 허접했고 이러했고 저러했고
하여간 인간이 누릴 수 있는 희비극 익살은 다 누렸더군
하여 산다는 건 이유 있는 비밀, 까닭을 감춘 상상,
꿀꺽 삼키고 꿀꺽 토해내고 발기발기 찢고 촘촘히 기우고
다시 기우고 다시 찢고 또또또또 반복 또 반복─
그런데 전생의 나는 누구였을까 정말 진짜 궁금해
오늘 밤엔 슬쩍 지구를 떠나야지, 외계의 날개를 달고 외계를
날아야지
혹시 알아 꿈속에서 신을 만나 대답을 들을 수도 있을지
그도 아니면 당당하게 면담을 요구해야지

＊닐 도널드 월시 〈신과 나눈 이야기〉

춤

풀잎 하나 푸른 너울을 붙잡고
우화의 등선을 꿈꾸는 날개

아스라이 공중고요를 껴안고

생명의 떨림으로 빚어진 작은 숨이
어둠 속 긴 터널을 건너
허물의 기억을 찢는다

눈부신 절정의 멈춤에서

고요가 고요의 공간을 호흡하는 시간

이윽고 순간과 환희의 시공을 건너
세상 밖으로 몸을 드러낸 나비
햇빛에 부신 날개의 무늬가

찬란한 춤사위를 허공에 펼쳤다
감긴 내 눈을 열고 훨훨
훨훨 나비 날아간다

강둑을 걷다

노인의 손에 염주가 들려있다
길손 뜸한 강둑길 딱 마주친 염주 알이 문득
노인의 손가락 어디쯤 구르기를 멈췄다

내 마음속 염주 알 구른다
구르는 것들 생채기로 둥글어서
물그림자 둥글게 둥글어서 그것들 그리워서
이것들 흐르는 생각의 힘이어서

내 마음 염주 알 구르고 몸 구른다
한 알 한 알 몸 부비고 몸 부딪고 상처 구르다가
벌거숭이 깃털 뽑고 훨훨훨 공중 날다가
강둑 어디쯤 푹 내려앉았다
푸슈킨을 펼쳤다

삶이 그대를 속일지라도 슬퍼하거나 노하지 말라는 구절에

진정 삶이 이런 건 아니어서 거꾸로

그대가 삶을 속였을지라도 자책하거나 노여워하지 말아라

이렇게 문장을 바꿔 읊었을 때

염주 알 하나 탁 껍질 부순다

상처 환하다

강이 흐른다

강은 햇살의 속살로 어깨 한쪽 결빙을 풀었다

새의 날개가 강의 어깨 위에 내려앉았다

봄강

검은 가마우지 물의 건반을 두드리고
쭈르르르 발가락 미끄러진다
봄잠 깨우고 발기한 은색 비늘들이
물 밖 세상을 뚫어 솟구치고
흰 음악이 물결 위로 길게 번졌다
몸을 열어 몸의 혼을 부르는 소리,
강 수면을 밀고 멀리서 달려오는
하얀 파동을 본다

봄볕 현을 베이며 우울을 애무하는 첼로,
봄의 환생을 위로하며 푸른 대지를 읽는 나무들,
먼 등성을 굽어 안은 설산의 기억은
풍경 멀리 흰 눈발 하늘처마로 휘날렸는데
눈 없고 귀 없고 소리가 없어 몸을 바꾼 시간이
느린 걸음으로 강물 위를 달려갔다

한 겹 기억의 몸을 펼치면 시의 울음이 떠다니는 공중,

푸른 잎들 푸른 손짓은 사랑의 완성을 꿈꾸기 위해

이파리 숨결마다 다시 사랑을 쓰고

나는 봄볕 퍼지는 시간의 무게를 누르고 앉아

은빛지느러미로 뛰어오르는

강의 흰 건반을 바라보았다

곡선

나비 날아간다

훨훨 날갯짓 춤사위에

직선의 선이

부드럽게 휜다

훨훨훨

공기의 너울을 밟고

춤추는 나비

봄볕 꽃잠의 햇살을 털고

두 날갯짓이 투명한

눈부신

저 공기의 곡선

몽시夢詩

한낮의 허공을 읽는 몽시夢詩
날갯짓 햇살 한 장 접고

햇살 고요 흐르고
고요 꿈꾸고

팔랑, 암나비가
팔랑팔랑 수나비가

꽃술을 날고
팔랑팔랑 날아가고

날개 속 너는
나비 문양으로 접혀있고

청명 근처
— 민들레

낮게 내려앉은 아침햇살 가닥이
사륵 사르륵 사르륵
몽우리를 톱질해 꽃잎 피웠네
긴 밤 방울방울 꿈을 빚어서
풀잎에 고인 이슬 푸르고
민들레 노란 꽃잎은
그리움을 가득 피워 눈이 부셨네
밤새 꿈에 젖은 흰 별들 내려와
낮게 낮은 하늘 가벼워서
여린 목대 궁 길게 밀어올려
기다림도 아득해서 눈물짓다가
하얗게 새어버린 풀꽃 머리칼
날아서 날아서 허공 날아서
바람의 손짓으로 허공을 날아가서
마음아 네 곁에서 얼굴아
꿈길 건너 달려가는 민들레풀꽃

이별

나의 이십 대 엄마의 사십 대 나의 사십대 엄마의 육십 대 나의 육십 대 엄마의 팔십 대 그리고 아이 적 내 아이

시간이 늙고 생이 흘러 먼바다 끝으로 흐르는 망각의 시간이 기억의 돛을 달았다 2월의 문풍 에이고 흰 돛을 펼친 바람의 손바닥이 하얀 꽃잎을 허공에 뿌려놓고 허공 저쪽으로 흩어졌다 집을 떠난 유목의 바람은 마당 너른 수평선 너머에 빈집을 들이고 세상의 슬픔을 익힌 아이의 눈물이 응결된 심해의 가슴을 열고 이승의 밤배를 띄웠다 어둠을 등에 얹은 파도의 등이 가볍게 흔들리며 멀리멀리 멀어졌다 엄마와 나는 항구에서 이별했다 엄마는 손을 흔들며 잠시 저곳으로 갔고 나는 이곳에 잠시 남았다 잠시동안의 짧은 이별이다

다음 생에서 엄마는 또 나를 낳을 것이다

가을의 시

　은행나무 벤치, 할머니 벤치에 앉아 풍경을 만들었다 파란 대
문이 열려있는 마당 밖 은행나무 비인 벤치가 풍경을 담고 풍경
이 되었다
　저물녘 붉은 저녁 풍경을 열고
　느리게 지워지는 여름

　푸른 초록의 시간이, 바랜 풍경이, 내 동공 속 둥근 액자 속으
로 들어와
　할머니 둘, 셋, 그리고……벤치
　여름비가 주룩주룩 떨어지고 시간은 빗줄기의 기억이 들려주
는 풍경의 화음으로 간다 목소리 물위를 떠다닌다 환한 적요로
정좌한 은행나무 벤치는

　지난여름의 추억을 벤치에 올려놓고 추억이 원하는 풍경을
남겼다 노란 은행잎이 고와서 노란 은행잎을 사뿐 밟았던 엄마
는 노란 은행잎 화관을 쓰고 먼 여행을 떠났고
　나는 문득

생은 풍경이 되어 풍경으로 흐르는 강물의 출렁임이라고

풍경으로 남은 삶의 표지판을 무색의 회화로 남겨놓고 붓을 놓았다

풍경이 남긴 고요의 풍경으로

떠난 애정의 시간과 시간이 남긴 연민들이 불러 모으는 감정이 하나인 하나의 감정이 되어

팔월,

뜨거운 목울대의 뜨거움, 여름비,

나는 지난가을을 건너온 가을을 불러 가을의 벤치로 갔다 벤치와 은행나무, 그리고 엄마, 생의 미소를 부르던……

비가 내린다, 풍경의 기억을 채우며 흐르는 빗줄기의 부드러움

둥근 시간의 나선을 둥글게 타고 오르는

비, 빗줄기

멀리, 먼바다가 부르는 아득한 망망茫茫의 심연으로 가벼운 눈물을 싣고

내 안의 먼 곳 그 풍경 속으로 또 하나의 풍경을 데리고 가을
이 왔다 풍경의 기억은 그리운 풍경의 배경으로 노래를 불렀다
　가을비……
　나는 눈물 속에서 침잠된 풍경의 슬픈 발효이고 비의 슬픔을
쓴 비의 눈물이 되었다

　잃어버린 가을, 나는 풍경이 지운 풍경의 가을이다

모래사막

부드러운 사막의 모래언덕은

사막의 모래알을 헤며 달려온

바람의 시간이었다

먼 태곳적 어둠의 고독을 건너

물길 들었던 바다 철썩이고

별이 흐르다 몸을 풀고 쏟아져

유목의 꿈을 묻고 꿈이 아늑한 곳

층층 화석의 무늬로 단단해진

모래의 기억 속에는

생의 무게를 얹고 건너온

천년 바람의 생이 있다

보라붓꽃

붓꽃은 두 개 몽우리를 틔웠다
한 몸 줄기에서 두 어깨를 잇는 몽우리가
서로가 서로를 기댄 인人의 미소다
햇살을 느끼고 바람을 품에 안고
비를 맞으며
두 어깨가 뿜어내는 향기의 파동을 채운다

꽃잎을 말고 두근거리는 꽃 몽우리
풀밭 수면 위 오후의 잔물결이 일었다
그대 가슴으로 무늬를 만들었다
돌돌 말아 쥔 내면을 걸어 나와 꽃이 되기까지
내면의 숨결이 꽃으로 완성되기까지
붓꽃몽우리는
서로가 서로를 채운 사랑인人이다

햇살에 한 겹
바람에 흔들려서 한 겹

빗물에 젖어서 한 겹

한 겹 한 겹 둥근 시간의 곡선을 돌아온 그리움이

허공 밖으로 접힌 몸을 밀었다

붓끝을 열고 꽃잎을 피운

혼색의 회화,

인ㅅ의 몸짓으로 그대, 보라*가 핀다

* 보라색은 빨강(남성적)인 것과 파랑(여성적)인 것의 감각과 정신의 혼합을 이루는 색. 보라색은
  다양한 의미와 속성을 가지고 있는 독특하고 신비로운 색상이며 음양의 혼성을 가진 영적에너지를
  나타내는 색이다.

새벽의 시

오! 혼자 있는 사람의 몽상 속엔 얼마나 버릇없고 조심성 없는 생각이 많은 것이랴! 고독한 몽상의 독방 속에서는 사랑의 새벽이 비춰주는 빛들이 살아난다*

몽상의 시간은 충만한 넋을 경험하는 푸른 공간의 축복이다 밤의 심연을 밝히고 여울진 투명한 별빛들이 푸른 공기의 물감을 풀어놓고 무화無畵의 화폭 위에 잘 채색된 풍경의 공간을 만들고 풍경의 집을 지었다 새벽안개를 열고 눈을 뜬 미명의 시간 속에서 시간이 시간을 지우고 순수한 계절의 꿈이 금빛 원소의 연금술을 몽상의 대지 위에 뿌려 놓았다 생각의 몸짓을 지운 무형의 소리, 검은 벨벳의 고요를 깨우고 고요가 들려주는 침묵의 웅변, 풍경의 누드를 드로잉하고 빛의 아우라를 붓질하는 빛의 몽상, 새벽의 고요는 몸의 질량을 부드럽게 해체하고 공중의 기억이 펼쳐놓은 두 날개의 몽상을 금빛바늘로 봉합했다 오 풍경의 사물을 꿈꾸고 눈을 뜬 새벽의 별빛이여 별빛들의 차가운 질감이여 오래된 잠의 시원을 복원하고 새벽너머의 날개로 비상하는 금빛 몽상의 연금술이여!

한 줄 공중의 사유를 걷는 시의 문장에서 시의 씨알들이 새벽

하늘 위에 폭죽처럼 터졌다

* 가스통 바슐라르

멸종시대

오뚝오뚝 오뚝이 놈이
넘어질 듯 비틀거리다가
푹 꼬꾸라져
여 봐라—
다시 일어서지 않네

넘어져도 일어서는
오뚝이
넘어뜨려도 다시 일어서는
오뚝이
이젠 다
옛날 사람이지

생은 그리운 것들로 강물을 만든다

얻고자 하는 희망이 있어서 아프더라
삶을 사랑하는 마음이어서 허전하더라
구불구불 걸어온 발길 셀 수가 없어
우두커니 새벽 강가에 나와 섰는데
뚝 뚝 뚝 빗방울 떨어지는데
빗속 새벽 강은 가만히 누워있더라
넓게 누워 둥그런 웃음을 밀어주더라
강 웃음처럼 둥그렇게 마음을 베어내면
둥그런 물이 될까 나 강되어 흐를까
새벽 강가에서 나는 보았어라
둥그런 저 강의 웃음처럼
지나온 날들 굳이 말하지 않아도
길 끝점에서 돌아보는 기억은 아름답고
생은 물처럼 흘러
그리움의 강이 되더라

바람의 시간을 달리고 싶은
꿈꾸는 별의 시인

박 해 림

(시인 · 문학박사)

바람의 시간을 달리고 싶은
꿈꾸는 별의 시인

박 해 림
(시인 · 문학박사)

1. 바람과 웃음과 마주 보기

　고현수의 시에서는 바람 냄새가 난다. 늘 어디론가 가고 싶은 날개 달린 발이 보인다. 낮이고 밤이고 별이 되고 싶은, 우주를 꿈꾸는 아직도 크고 싶은 아이가 보인다. 아무 미련 없이 그 무언가를 보내는 것에도 익숙하다. 대상을 들여다보며 그가 가진 것을 얻어내려 애를 쓰는 것보다 곁에 두어 함께 어울리고 노는 것에 익숙하다. 대상과 함께여서 특별해지는 것이 아니라 함께 할 수 있다는 그것만으로도 소박한 기쁨을 건져 올릴 줄 안다는 것이다. 내 속에 들어온 우주와 세계를, 객관적 상관물을 주저 없이 시인의 내면에 수용하면서 때로는 긴 호흡으로 때로는 짧은 호흡으로 새로운 옷을 입혀서 다시 내어놓는 것이다. 시집 전편에 흐르는 시인만이 가지고 있는 우주적 상상력의 세계가 욕심부리지 않고 있는 그대로의 무게를 지탱하면서 다시 대상과 결합하며 조금씩 세계를 확장한다는 것도 그러하다. 내 속에서 생성되고 여과된 생명의 아름다움을 소박한 정서로 새로운 생명을 덧입혀 바람 앞에 내어놓는 것이다. 한편으로는 이미 내 속에 들어온 것은 거저 들어온 것이니 내 속의 것까지 합하여 다시 망설이지 않고 거저 내어주고 싶어 한다. 평범하고 소박한 자연적 대상을 마주한다거나 곁에 두고서는 그 대상에 따라 소박하게 껴안기도 하는 것이다. 시인은 무엇을 갖고자 하는 욕심보다는 대상이 가진 있는 그대로를 가감 없이 있는 그대로 수용하고 갈망하는 것에 익숙해져 있기 때문이다.

    밤별들 내려와 초가에 앉았네
    달이 둥글게 지붕 위에 둥글어서
    밤이 깊어 그리움도 환한 밤

돌담 그림자 밤새워 달빛 더듬어서
임 가신 밤 애타게 애달파서
달빛 가득 하얗게 박꽃 피는 밤

— 「박꽃 피는 밤」 전문

　한 편의 아름다운 서정시가 빚어내는 우주적 세계는 크지 않을수록 또렷하고 아름답다. 작고 소박한 것이 그렇듯 따뜻하고 무한한 이면이 그 뒤를 떠받고 있기 때문이다. 시인의 눈에 든 달밤은 그래서 애틋한 그리움과 아름다움에 푹 젖어 있다. '달빛'이라는 미적 거리가 만들어낸 시인의 정서 또한 매우 친근하다. 개발이라는 명분으로 하루가 다르게 철근 콘크리트 초고층 아파트가 시골 깊숙한 곳까지 어정쩡하니 발을 뻗고 있는 시대지만 다행스럽게 아직은 '초가'와 '달'과 '별'이 있는 산골과 시골의 밤 풍경을 그리 어렵지 않게 만날 수 있다. 시인이 보여주고 싶은 것도 바로 이런 소박한 아름다움과 질박함에 있다. 자연과 어우러진 내적 정서의 순연한 표출을 통해 세상과 교감을 하고 싶어서이다. '밤별들 내려와 초가에 앉았네/ 달이 둥글게 지붕 위에서 둥글어서/ 밤이 깊어 그리움도 환한 밤'을 보여주고 들려주고 싶은 시인의 마음을 읽을 수 있기 때문이다. 그것은 시적 자아의 눈에서 가슴으로 한 바퀴 휘돌아서 다시 세상으로 환원될 때 확장한다. 내가 지금 보고 있는 이 아름다운 세계는 전혀 낯설지 않다. 진작 내 속에 있었던 것들이다. 이러한 우주적 세계에 대한 재인식과 재발견, 성찰 등등이 고현수 시인의 아름다운 시편이 펼쳐놓은 심미적 형상과 함께 새로운 생명을 얻는다.

흔들리는 꽃이 웃더라
바람에 흔들려 활짝 웃더라
꽃술 눈썹에 향기 고여
눈물 가득 웃음이더라

사람의 어깨가 흔들리더라
흔들려서 함께 웃더라
네 작은 어깨 위에 모여앉아
햇살 따뜻해서 기쁨이더라

사람의 향기가 눈물이더라
눈물의 꽃잎을 피우더라
상처 깊은 씨방 터뜨린 지금 봄날엔

향기를 가득 품어 네가 웃더라
네가 웃어서 꽃이 피더라

― 「꽃이 웃더라」 전문

꽃을 바라보는 시인의 눈은 웃고 있다. '흔들리는 꽃이 웃더라/ 바람에 흔들려 활짝 웃더라/ 꽃술 눈썹에 향기 고여/ 눈물 가득 웃음이더라' 라고 노래하면서. 바람에 흔들리면서 웃는 꽃을 보는 시인은 '꽃' 과 '바람' 과 '웃음' 을 함께 끌어안으며 지난 시간과 지금의 시간을 함께 나란히 펼쳐놓는다. 지난 시간은 고난의 시간이었다. 산다는 것은 그런 것이다. 그러니 세 번째 연의 '사람의 향기가 눈물' 이어서 그 '눈물이 꽃잎을 피우'게 하고 싶은 것이다. 그것은 '상처 깊은 씨방 터뜨린 지금 봄날' 을 함께 하기 위함이며 산다는 것이 웃음 가득한 것인 줄 알았는데 그렇지 않다는 것을 확인한다. 세상에는 상처일 수밖에 없는 생명도 있으며 그것은 또 어떠한지를 깊이 들여다보는 것이다. 그뿐만 아니라 그 이면에 놓인 온기 '햇살 따뜻해서' 에도 주목한다. 그 온기는 도처에 있으며 언제든지 손만 뻗으면 만져진다는 것도 시인은 알고 있다. 한편으로 그것은 늘 '흔들리' 기 때문에 정적인 외로움보다 동적인 외로움으로 전환되면

서 더 크게 우리의 시선을 끌어당길 수밖에 없다는 것을 함께
보여준다. 꽃과 사람의 어깨가 바람에 함께 흔들리며 '웃는'
것에 시인은 고요히 주목한다. 눈 앞에 펼쳐진 우주적 세계에
온 마음을 기울이고 싶기 때문이다.

     밤하늘 은하수 건너는 별은
     시인의 시를 꿈꾸고

     시인은 별들의 꿈을 헤이며
     별밤을 날아갑니다
     아득히 펼쳐진 우주의 뜰엔
     별들의 화음 퍼지는

     별빛 빛나는 은하수 까페,

     황홀한 별빛 쏟아지는 밤엔
     별빛 가득 시의 문장이 흘러서

     별이 빛나는 밤엔,

     시인은 밤하늘에 별을 헤고

별들은 시인의 밤을 밝히고

— 「시인과 별」 전문

　고흐의 그림 〈별이 빛나는 그림〉을 연상시키는 위의 시는 '밤하늘', '시인', '별', '꿈'이 중첩을 이루면서 빚어낸 한 편의 아름다운 세계를 펼쳐놓는다. 「시인과 별」이라는 제목에서도 확인할 수 있듯이 고요의 세계에 기댄 서정적 화자의 모습을 편안하게 만날 수 있다. 그러나 '밤하늘'을 올려다보고 있는 시인은 단지 '밤하늘'을 올려다보기만 하는 것이 아니다. '별'이 시인의 시를 꿈꾸고 '시인'은 '별'을 꿈꾸고 있다는 것을 보여준다. '시인'은 곧 '별'이며 '별'은 곧 '시인'인 것이다. 그리고 '아득히 펼쳐진 우주의 뜰엔/ 별들의 화음'이 퍼지고 그곳은 곧 '별빛 빛나는 은하수 카페'로 바뀐다. 밤하늘을 올려다보는 시인의 눈에 펼쳐진 우주적 세계는 별빛으로 넘친다. 언뜻 보면 시인이 뭔가를 헤아리려는 것처럼 보이나 아니다. '밤하늘', '별', '시인' 그리고 '꿈'의 질료로 빚어진 '은하수 카페'는 시인이 꿈꾸는 세계다. 우주공간의 현재적 삶을 소박하게 꿈꾸고 싶은 시인의 이상적 세계다. 그것은 '황홀한 별빛 쏟아지는 밤엔/ 별빛 가득 시의 문장이 흘러' 넘쳐서 세계를

확장할 수 있는 적극적인 대응의 기회이기도 하다. '시인은 밤
하늘에 별을 헤고/ 별들은 시인의 밤을 밝히고' 자 간절히 소망
한다는 것을 살펴볼 수 있다.

사람이어서 죄인이겠다

저쪽을 보아서 이쪽을 보지 못했다
보았어도 외눈이었겠다

이쪽보다 저쪽을 아파했으니
그 저쪽
마음 가는 날 많았으니

이곳에 들꽃 지천이었겠다

지천으로 흔들려
바람의 발가락 물들었겠다

그 시인
사람이어서 죄인이겠다

— 「시인의 길」 전문

하지만 곧 시인은 성찰에 든다. 스스로 죄인이 된다. '사람이어서 죄인'이라고 한다. 그것은 '저쪽을 보아서 이쪽을 보지 못한' 탓이다. 어느 한쪽을 보지 못했기 때문에 그것이 죄가 된다는 말이다. 그뿐 아니다. '이쪽보다 저쪽을 아파' 한 탓이라고도 한다. 어느 한쪽을 못 본 것과 다른 한쪽을 더 아파한 탓이 죄가 된다는 시인은 아예 죄인이 되기로 진작 결심한 것은 아닐까. 온통 반성과 자책과 슬픔이 심연에 자리하고 있었던 것은 아닐까. 딱히 어떤 특별한 행위를 한 것이 아니라 존재 그 자체와 지금 눈앞의 세계를 넘어선 것만으로도 죄인이 되어버린 서정적 자아의 현재적 심정을 말하고 싶은 것이다. 그것은 잡히지 않는 또 다른 출구가 있다는 것을 토로하고 싶은 것이라고 파악된다. 아파도 아프다는 말을 차마 하지 못하고 고개를 돌린 것도 죄일 수밖에 없는 현재의 자기 인정과 함께 자기 부정의 세계 인식을 벗어날 수가 없는 상황에선 그래야 한다. 이제 '외눈'의 상황을 만들어 버렸다. 그래도 시인은 길을 멈출 수가 없다. 찾아야 한다. 곧 시인은 기어이 '이쪽'과 '저쪽'의 세계를 넘어서서 만난 새로운 세계, 즉 '들꽃 지천'인 세계를 찾아낸다. 그곳은 시인이 마음을 기댈 수 있으며 끌어안을 수 있는 곳이다. 그곳에서 시인은 확실한 세계 인식을 보여준다. '그 시인/ 사람이어서 죄인이겠다' 하며 온전히 내 앞에 놓인, 기어이 걸어가야만 하는, 할 수밖에 없는 시인의 걸어가야

할 길을 찾아낸 것이다.

2. 끌어안기 그리고 견디기

시인이 걸어 들어간 일상의 길은 익숙하면서도 늘 낯선 길일지 모른다. 아니면 낯선 길인 줄 알고 걸어 들어갔는데 알고 보니 매우 익숙한 길일지도 모른다. 아니 일부러 그런 방식을 고집하고 있는지 모를 일이다. 그의 시편 곳곳에서 만날 수 있는, 만져질 수 있는 시각과 촉각의 부분은 거의 일정한 보폭으로 이어져 있기 때문이다. 몇 편의 시를 읽으면서도 전혀 예측하지 않은 행보가 기다리고 있을 것이라고 기대하면서도 비슷한 세계를 마주하게 되는 것이 그렇다. 그러나 곧 다음 순간 전혀 아닌 세계와 맞닥뜨리는 것이 아니라는 것도 알게 된다. 시인이 걸어간 길은 스스로 원해서 걸어간 길일 수도 있을 것이나 꼭 그렇지 않다는 것이다. 그가 만난 세계는 의도하지 않은 전혀 낯선 시인의 길일 수도 있을 것이며 한편으로는 오히려 시인이 전혀 예상하지 않은 그에게 닥친 전혀 새로운 세계가 그를 향해 두 팔을 벌리고 달려온 것일 수도 있다는데 생각이 미친다. 그것은 시인이 여전히 앞을 향한 걸음을 멈추지 않기 때문이며 새롭게 만난 세계에 대해 어떻게 준비해야 하며 어떤 생각으로 어떤 자세이어야 할 것인지 되고 싶은지에 대해 미리 염려하고 작정하고 만들어낸 길일 수도 있다. 그의 시는 언뜻 보면 큰 물결보다 잔잔한 물결을 선택적으로 일구는 것으로 보이지만 귀를 대보면 저 깊은 속내에서 끓어오르는 용암과도 같은 존재에 대한 시각적 청각적 촉각적인 것으로 인해 잠시도 가만있지 않는 것을 알 수 있다. 어쩌면 물결치는 대로, 바람 부는 대로 서정적 자아를 가만히 기대놓는 것인지도 모를 일이다.

한 다발 꽃다발을 두 손에 쥐고
나의 전부가 사랑의 분홍으로 젖었어요
하나의 마음으로 마주 잡은 손
지금 이 순간 나는 모든 걸 가졌어요
당신의 전부와 하나인 우리 사랑은
내 인생의 커다란 축복입니다

천사처럼 아름다운 그대, 당신을 만나기 위해
멀고 먼 천년시간을 달려왔습니다
하나의 가슴으로 결합한 우리의 사랑
나의 전부는 그대의 사랑을 위한
그대의 전부입니다

당신은 내 생애 최고의 선물입니다

―「선물」 전문

 시인의 시간은 이제 눈으로 가늠할 시간이 아니다. 이 세상을 온전히 담아낼 수 있는 시간을 향해 달린다. 한 편의 아름다운 서정시가 빚어내는 우주적 세계는 크지 않을수록 아름답다. 위의 작품에서 만난 시인은 아름답다. 빛이 난다. '한 다발 꽃다발을 두 손에 쥐고/ 나의 전부가 사랑의 분홍으로 젖었어요' 노래한다. 시인에게 펼쳐진 세계는 온통 사랑의 향기로 가득하다. 사람이 살면서 희열을 느끼고 환희를 경험하고 온통 넘치는 사랑의 향기를 잠시나마 내 것으로 만들 수 있다면 한참은 행복할 것이다. 시인은 스스로 이 모든 것을 받아들일 준비가 되어 있으며 그러려고 애를 쓰며 실제로 그 속으로 걸어 들어가고 있다. '하나의 마음으로 마주 잡은 손'을 활짝 펼치며 '지금 이 순간 나는 모든 걸 가졌어요'라며 외친다. 그에게 '지금 이 순간'은 더할 나위 없는 행복의 극점에 다다라 있기 때문이다. 그것은 '당신의 전부와 하나인 우리 사랑'이 함께 하기에 가능한 일이다. 단지 서로 함께한 것만으로도 크나큰 '축복'이기 때문이다. 이미 예정된 만남이란 이런 것이 아닐

까. '천사처럼 아름다운 그대, 당신을 만나기 위해/ 멀고 먼 천
년시간'을 달려왔기 때문이다. 아득한 시간을 거스르며 달려와
마주한 또 다른 존재와의 합일은 '사랑의 분홍'이며, '축복'이
며, 서로에게 더할 나위 없는 행복 그 자체를 이루고 있음을 파
악할 수 있다.

산다는 건 가쁜 숨을 몰아쉬는 일
숨을 느끼지 않고도 숨을 쉬는 일
치통의 고통을 겪으면서
내일이면 치통이 나아지기를 염원하는 일
치통이 주는 고통에 눈물 흘리면서
내일이면 괜찮아질 거라고
누누이 다짐하며 눈물 닦는 일
사는 건 그래서 꿈꾸는 일
세상의 꿈에 푸른 날개를 두르고
세상의 너른 품에 안겨 몸이 되는 일
두 팔을 벌린 두 어깨의 마디로
물보라 접영 물결을 만드는 일
산다는 건 네가 원하는 너를 찾아
네 삶의 무늬를 채색하는 일
그리고 산다는 건

생의 아픔을 딛고 사랑하는 일

―「산다는 건」전문

　그러나 익히 알듯이 오르막과 내리막 그리고 평지로 구성된 삶을 살아간다는 일은 누구에게나 공평하거나 일정하지도 않다. 문제는 지금의 내가 처한 환경에 결코 호의적이지 않다는 것이다. 그렇기에 늘 누구나 오르막이나 내리막보다 평지를 더 갈구하게 되는 것이다. 항상 지당한 소망이다. 그러나 고현수 시인은 조금 여유롭다. '산다는 건 가쁜 숨을 몰아쉬는 일'이다. 그 가쁜 숨을 어디에 쉽게 뱉어내기도 삼키기도 어렵다. 여기서 재미있는 은유적 표현을 만난다. '치통'의 고통을 통해서 '내일이면 괜찮아질 거라고' 하는 것이다. 시에 있어 상처의 다양한 비유가 등장하지만 '치통'이 함의하는 것은 새롭다. 먹을 수도 누울 수도 기댈 수도 없는 그 어떤 무게나 크기도 가늠할 수 없이 힘든 통증을 연상하게 한다. 시인은 잘 알고 있다. 그러니 '기댈 데 없다고 투덜대는 또 다른 나'에게 귀를 기울일 수밖에 없다. '나무가 허공에 기대어/ 너도 그렇게 해봐/ 비어서 얼마든지 팔을 뻗을 수 있'을 거라고 속삭인다. 아니 속삭이는 것처럼 보인다. 그것은 큰 부담 없이 무언가를 얻을 수 있기 때문이다. 그러니 '비어서 얼마든지 팔을 뻗을 수' 있기 때문이며 그 속에서 위로받거나 상처를 다독이거나 새로운 길을 찾을 수 있다는 것을 알기 때문이다. 가득찬 것은 곧 비워질 것이라는 전제가 붙는 '날마다 가버린 사람 생각 말고/ 나처럼 뿌리를 깊이 뻗으며 견뎌' 볼 것을 제안한다. 그러면 '저절로 찾아와 몸 기대는 새들, 벌레들'을 만날 수 있을 것이기 때문이다.

기댈 데 없다고 투덜대는 나에게

나무가 허공에 기대어

너도 그렇게 해봐

비어서 얼마든지 팔을 뻗을 수 있지

날마다 가버린 사람 생각 말고

나처럼 뿌리를 깊이 뻗으며 견뎌봐

저절로 찾아와 몸 기대는 새들, 벌레들

거기 기대봐

부지하세월 기대노라면

날마다 바람은 너를 춤추게 하고

새가 노래하는 나무가 돼

—「기대다」 전문

어디에 기댄다는 것은 무엇일까. 그것은 나를 내려놓는 또 하나의 몸짓이며 더불어 지금의 '나'를 재구성한다는 것이며 삶에 있어 불변의 가치 중 하나인 '사랑'을 회복한다는 말이다. 그것은 위의 시에서도 여실히 나타난다. 사랑은 서로 기대고 기댈 수 있으면서 홀로서기를 의미하기도 한다. 삶의 주체인 '나'가 또 다른 삶의 주체인 '너'와 함께 한다는 말이면서 동시에 각기 다른 '나'의 '너', '너'의 '나'가 다른 객체가 아니라는 것을 말한다. 마주하면서 기댄다는 상충의 현실은 결국 서로 간절하나 닿는 부분은 다르기 때문인데 내가 너에게 기댔는데 기댄 것 같지 않은 것은 일방적인 나의 간절함이 너무 크기 때문이다. 그러니 시인은 말한다. '기댈 데 없다고 투덜대는 나'에게 속삭인다. '나무가 허공에 기대어/ 너도 그렇게 해봐'라고 권한다. 그것은 '비어서 얼마든지 팔을 뻗을 수 있'다는 것을 알기 때문이다. 텅 비었기에 그 안을 가득 채울 수 있으며 가득 채우면서 충만의 시간이 내 것이 될 수 있으니 말이다. '날마다 가버린 사람 생각'을 하지 않기 위해서 더욱 그래야 한다. 그러면 '저절로 찾아와 몸 기대는 새들, 벌레들'을 만날 수 있고 함께 할 수 있다. '뿌리를 깊이 뻗으며 견'디기만 하면 '날마다 바람은 너를 춤추게 하고/ 새가 노래하는 나무가'되는 것은 이 때문이다.

3. 그리움 그리고 기억 저편의 햇살

산다는 것은 어쩌면 그리움의 연속인지 모른다. 어쩌면 우리는 매일 매일 그 그리움의 정체를 파악하기 위해 부단히 애를 쓰며 속을 태우는지도 모른다. 지금 오늘 이 순간, 나를 살아내기 위해 의식과 무의식을 교차하며 그리움의 한 가운데로 진입하고자 하는지도 모른다. 또 다른 한편으로는 아득한 기억 저 너머의 세계를 향해 달려가기도 한다. 달리면서 무의식에 기댄 또 다른 '나'를 만나기도 하는 것이다. 아니, 만나고 싶은 것이다.

오늘 하루는 연체적 감성이 되어
연체 생물로 흐느적거렸다
폭염이 흐물흐물 뼈를 삭였다
보이는 세상이 아득히 눈 속에서 멀어
허공에 발을 치는 발비 오서서

천둥의 기억이 빗방울에 가득했다
구름의 향기가 출렁거렸다
음계 구르는 몸의 음표가 되어

빗줄기를 켜는 악기가 됐다
깊은 밤엔 둥근 달빛 레일을 타고

별자리 꿈꾸는 행성둘레를 날았다
등불 컨 마을 꽃씨 뿌려진 사립마당엔
하얗게 젖은 별이 그득했다
천 살 나이를 산 아이들이 웃고 있었다
죽은 사람이 걸어 나왔다

— 「우요일雨曜日」 전문

　'오늘 하루는 연체적 감성이 되어/ 연체 생물로 흐느적거' 리
는 것이 그러하다. '연체적 감성' 이라는 다소 낯선 시어를 통해
주어지는 익숙함은 시인의 감정선을 따라 이어지는데 그가 추
구하는 것이 끊어지지 않고 죽 이어지는 '연체 생물' 이거나 그
것을 더욱 구체화하는 '흐물흐물' 이라는 부사어이다. '보이는
세상이 아득히 눈 속에서 멀어/ 허공에 발을 치는 발비' 로 이
어지는 것이다. '빗방울' 이라는 기억의 저장고는 어디든지 흐
르거나 날아들거나 한다. '구름의 향기가 출렁거렸다/ 음계 구
르는 몸의 음표가 되어/ 빗줄기를 켜는 악기가' 되면서 이윽고

'깊은 밤엔 둥근 달빛 레일을 타고// 별자리 꿈꾸는 행성둘레'를 거침없이 날아다니는 것이다. 이 시는 어떤 특별한 기억 저 너머의 그 무언가를 향해 달리는 시인을 의도적으로 만나게 하는 느낌이 강하다. 추상의, 보이지 않는 의식 저 너머의 세계에 들어선 시인은 스스로의 정서적 세계와 우주적 세계가 서로 충돌하게 한다. 그것은 여기저기 전혀 새로운 길을 만들어 '이전의 나'와 '현재의 나'에게 복잡한 감정선을 잇고자 함이며, 한편 그 감정선을 따라 일종의 의식의 흐름을 통한 '감성의 종횡'을 거침없이 보여주고자 하는 데 있다. 이전과 현재 그리고 이후의 복잡한 시인의 세계는 '빗방울'이라는 시어를 빌어 여기저기 가볍게 날아다니면서 '천둥의 기억', '구름의 향기', '몸의 음표', '둥근 달빛 레일'을 아무런 망설임 없이 불러낸다. 그리고는 '별자리 꿈꾸는 행성둘레를 날'거나 '등불 켠 마을 꽃씨 뿌려진 사립마당'을 펼쳐놓으며 '하얗게 젖은 별'을 쏟아놓는 것이다. 다음 순간 시인은 '천 살 나이를 산 아이들이 웃고' 있는 것을 보게 되고 이어 '죽은 사람이 걸어 나'오는 것을 마주한다. 이 말의 의미는 무엇일까? 아마도 시인은 늘 '천년의 시간'을 염두에 두고 있는 것인지도 모른다. 지금, 이 순간은 곧 다음 순간이 되는 것이며 이승에서의 삶은 곧 영원불멸을 뜻하는 또 다른 시간 표현인 '천년'과 이어져 있다는 것을 말하고 싶은 것은 아닐까.

얻고자 하는 희망이 있어서 아프더라

삶을 사랑하는 마음이어서 허전하더라

구불구불 걸어온 발길 셀 수가 없어

우두커니 새벽 강가에 나와 섰는데

뚝 뚝 뚝 빗방울 떨어지는데

빗속 새벽 가은 가만히 누워있더라

넓게 누워 둥그런 웃음을 밀어주더라

강 웃음처럼 둥그렇게 마음을 베어내면

둥그런 물이 될까 나 강되어 흐를까

새벽 강가에서 나는 보았어라

둥그런 저 강의 웃음처럼

지나온 날들 굳이 말하지 않아도

길 끝점에서 돌아보는 기억은 아름답고

생은 물처럼 흘러

그리움의 강이 되더라

—「생은 그리운 것들로 강물을 만든다」 전문

시인은 이제 '새벽 강가'에 나와 있다. 무엇을 만나고자 함이며 무엇을 보고자 함일 것이다. 그것은 시인의 안에 있을 수 있고 밖에 있을 수 있다. '얻고자 하는 희망이 있어서 아프더라' 라고 토로하는 시인은 다음 순간 '삶을 사랑하는 마음이어서 허전하더라' 라고 답을 내어놓는다. 눈앞의 날, 이 순간에 이르게 한 것은 쉬지 않고 달려온 무수한 '발길' 이다. '구불구불 걸어온' 그 '발길' 이다. 그것은 셀 수가 없다. 아니, 어쩌면 세고 싶지 않을지도 모른다. 이성을 되찾고 보니 '새벽 강가' 이다. '빗속 새벽 강은 가만히 누워' 있으며, '넓게 누워 둥그런 웃음을 밀어 주' 고 있는 것이다. 그 웃음을 따라 시인은 하염없이 의식과 무의식을 넘나들고 있는데 자신의 내면과 눈앞의 현실을 겹쳐 놓고 있다는 것을 알 수 있다. 그러니까 시인은 시선을 '그리움' 이라는 지난 그 어떤 상황과 시간과 대상에 고정하고 있다는 것이다. '강 웃음처럼 둥그렇게 마음을 베어내면/ 둥그런 물이 될까 나 강 되어 흐를까' 라고 독백하는 것 또한 끊임없이 그 어떤 대상에게 닿고 싶다는 말이며 그 대상을 향해 끊임없이 나아가고 싶은 간절함의 절절한 표현이라는 것을 알 수 있다. '둥그런 저 강의 웃음처럼/ 지나온 날들 굳이 말하지 않아도/ 길 끝점에서 돌아보는 기억' 을 놓고 싶지 않은 것이다. 시인이 간절히 소망하는 것은 끝내 그 어딘가에 닿고자 함이며, 닿아서 다시 함께 흐르고 싶은 것이라고 볼 때 '생은 물처럼 흘러/ 그리움의 강' 이 되어 지나온 시간 그리고 미래의 시간을 함께 살고자 하는 것에 있다는 것을 파악할 수 있다.

낮게 내려앉은 아침햇살 가닥이

사륵 사르륵 사르륵

몽우리를 톱질해 꽃잎 피웠네

긴 밤 방울방울 꿈을 빚어서

풀잎에 고인 이슬 푸르고

민들레 노란 꽃잎은

그리움을 가득 피워 눈이 부셨네

밤새 꿈에 젖은 흰 별들 내려와

낮게 낮은 하늘 가벼워서

여린 목대 궁 길게 밀어올려

기다림도 아득해서 눈물짓다가

하얗게 새어버린 풀꽃 머리칼

날아서 날아서 허공 날아서

바람의 손짓으로 허공을 날아가서

마음아 네 곁에서 얼굴아

꿈길 건너 달려가는 민들레풀꽃

— 「청명 근처-민들레」 전문

그리움은 이제 '낮게 내려앉은 아침햇살'을 불러낸다. 그것
은 '사륵 사르륵 사르륵' 부사어에 의해 시인이 기어이 가닿고

자 하는 그곳을 향해 뻗는다. '몽우리를 톱질해 꽃잎'을 피우기도 하고 '긴 밤 방울방울 꿈을 빚'기도 한다. 이것을 받아 인 '풀잎에 고인 이슬 푸르고/ 민들레 노란 꽃잎'은 시인이 그토록 간절히 가 닿고자 하는 '그리움을 가득 피워 눈이 부셨네'에 이르게 된다. 민들레를 바라보는 시인은 어제의 그 민들레가 아닌 것을 안다. '긴 밤'을 보낸 그 민들레가 아닌가. '밤새 꿈에 젖은 흰 별들 내려와/ 낮게 낮은 하늘 가벼워서/ 여린 목대궁 길게 밀어올'린 그 민들레다. 민들레는 대상에 가 닿기 위해, 오랜 기다림도 마다하지 않은, 그리하여 '하얗게 새어버린 풀꽃 머리칼'을 가졌다. 쉬지 않고 기어이 가 닿아야 하는 대상을 향한 민들레의 당찬 몸짓이 선연한 것은 이 때문이다. 작고 여리고 그리하여 마침내 마지막 남은 가벼운 몸으로 먼 여행을 해야만 하는 순환의 삶에 놓인 민들레의 일생은 '허공'이라는 관문을 반드시 거쳐야 한다. 시인은 바로 그 부분을 주목하고 있다. 그 허공의 관문이자 다리를 향해 날아오르는 것은 시인이 가고자 하는 또 다른 희망의 길이기 때문이다. 그 길은 그 어떤 것에도 무너지지 않으며 그 어떤 것에도 장애가 되지 않는 경계를 함의하고 있다. 언제든지 마음만 먹으면 가고자 한다면 내 길이 되기에 시인은 기어이 '꿈길 건너 달려가는' 것을 멈추지 않을 것이다.

고현수 시인의 시집 『생은 그리운 것들로 강물을 만든다』는 그다지 많은 것에 욕심을 내지 않는다. 현재의 자신이거나 또 다른 낯선 자신을 불러내면서 감정선을 이어 붙이며 자유로운 바람의 시간을 꿈꾼다. 때로 그 어떤 특별한 대상을 향해 '웃음'과 '바람'을 소박하게 날려 보내거나 그 무게를 지탱하면서 쉽게 놓아주기도 한다. 한편으로는 서툰 감정을 숨기면서 대상을 일방적으로 끌어안거나 참고 견디는 것도 마다하지 않는다. 상처와 마주하면서 기어이 저 하늘 멀리 날려 보내는 것도 그러하다. 그리하여 그의 상상력의 세계는 매우 현실적이면서도 매우 낯설다는 것, 그의 내면 깊숙이 연결된 정서의 아름다운 회로와 그리움이라는 의식의 흐름을 따라 생성된 지극히 소박한 소망을 간절하게 만날 수 있게 한다.

시와소금 시인선 148

생은 그리운 것들로 강물을 만든다
ⓒ고현수, 2022, printed in Seoul, Korea

초판 1쇄 인쇄 2022년 09월 26일
초판 1쇄 발행 2022년 10월 01일
지은이 고현수
펴낸이 임세한
디자인 유재미 정지은

펴낸곳 시와소금
출판등록 2014년 1월 28일 제424호
발행처 강원 춘천시 충혼길20번길 4, 1층 (우-24436)
편집실 서울시 중구 퇴계로50길 43-7 (우-04618)
팩스겸용 (033)251-1195 / 휴대폰 010-5211-1195
이메일 sisogum@hanmail.net
ISBN 979-11-6325-052-4 03810

값 10,000원

춘천문화재단

· 이 시집은 2022년 춘천문화재단 전문예술지원사업 지원금으로 발간하였습니다.